Analyse de l'œuvre

Par Florence Meurée et Lucile Lhoste

L'Avare

de Molière

lePetitLittéraire.fr

Rendez-vous sur lepetitlitteraire.fr et découvrez :

Plus de 1200 analyses
Claires et synthétiques
Téléchargeables en 30 secondes
À imprimer chez soi

MOLIÈRE

DRAMATURGE, COMÉDIEN ET CHEF DE TROUPE FRANÇAIS

- **Né en 1622 à Paris**
- **Décédé en 1673 dans la même ville**
- **Quelques-unes de ses œuvres :**
  - *Dom Juan* (1665), comédie
  - *Le Médecin malgré lui* (1666), comédie
  - *Le Bourgeois gentilhomme* (1670), comédie-ballet

À la fois auteur, metteur en scène, directeur de troupe et comédien, Molière (de son vrai nom Jean-Baptiste Poquelin) nait à Paris en 1622 dans la bourgeoisie aisée. Il s'oriente très tôt vers le théâtre et fonde avec la comédienne Madeleine Béjart (1618-1672) la troupe de l'Illustre-Théâtre. Après douze ans de théâtre itinérant en province, il revient à Paris où il est remarqué par Louis XIV (1638-1715) qui le prend à son service.

Il écrit essentiellement des comédies dans lesquelles, sous le couvert du rire, il met au jour les défauts de ses contemporains (la préciosité, le pédantisme, l'avarice, etc.) et critique la société du XVIIe siècle (les pères autoritaires, les faux dévots, les médecins charlatans, etc.) Ses nombreuses pièces exercent encore aujourd'hui une influence considérable et font de Molière un auteur majeur du siècle classique.

L'AVARE

L'AVARE, UNE FIGURE EMBLÉMATIQUE DU THÉÂTRE DE MOLIÈRE

- **Genre :** comédie
- **Édition de référence :** *L'Avare*, Paris, Gallimard, coll. « La Bibliothèque Gallimard », 2001, 224 p.
- **1re édition :** 1668
- **Thématiques :** bourgeoisie, mariage, ruse, avarice, argent, amour

L'Avare est une comédie en cinq actes écrite en prose. Elle est représentée pour la première fois en 1668 au théâtre du Palais-Royal. L'intrigue se déroule à Paris. Inspirée de *L'Aulularia* de Plaute (poète comique latin du IIIe siècle av. J.-C.), elle raconte comment Harpagon, un vieux bourgeois obsédé par l'argent, fait obstacle aux projets sentimentaux de ses deux enfants, Élise et Cléante. Ceux-ci obtiennent finalement gain de cause grâce à un coup de théâtre au dernier acte.

Paradoxalement, *L'Avare* n'a pas rencontré un franc succès à sa création, mais est devenu, avec le temps, une des pièces les plus jouées du dramaturge. Harpagon, quant à lui, fait partie des figures emblématiques du théâtre de Molière.

RÉSUMÉ

LES ESPOIRS DE MARIAGE

Élise et Valère s'aiment. Le jeune homme, après l'avoir sauvée de la noyade, a renoncé à sa patrie et à sa condition sociale pour être auprès d'elle. En effet, il s'est mis au service d'Harpagon, père d'Élise, dont il essaie de s'attirer les faveurs en le flattant constamment.

Cléante, le frère d'Élise, est amoureux de Mariane, jeune fille nouvellement installée dans le quartier. Elle n'est pas riche et s'occupe de sa mère malade. Il souffre de ne pas pouvoir lui déclarer ses sentiments à cause de l'avarice de son père, qui ne lui donne rien. Mais, si celui-ci refuse d'unir son fils à celle qu'il aime, Cléante prévoit de partir avec elle. Pour cela, il devra emprunter de l'argent.

L'argent qu'Harpagon possède représente pour lui une obsession maladive : il craint que le jardin ne soit pas une cachette suffisamment sure pour ses dix-mille écus.

Le vieillard aborde le sujet du mariage avec ses enfants. Il demande à son fils ce qu'il pense de Mariane. Plein d'espoir, Cléante en fait l'éloge, mais son enthousiasme fait place à la stupéfaction lorsqu'Harpagon annonce vouloir épouser la jeune fille.

Harpagon destine à son fils une veuve et à sa fille Anselme, un riche seigneur. Face aux protestations d'Élise, il décide de la marier le soir même.

Cléante confie à La Flèche, son valet, que son père est son rival amoureux. Par ailleurs, grâce à maitre Simon, le jeune homme obtient un emprunt, mais à de très mauvaises conditions, ce qui énerve Cléante. Les deux hommes croisent maitre Simon accompagné d'Harpagon et tous se rendent alors compte qu'Harpagon est l'usurier de Cléante. Père et fils se disputent, chacun estimant que l'attitude de l'autre est impardonnable.

Frosine, en affaire avec Harpagon, lui apprend qu'elle a obtenu l'accord de la mère de Mariane pour qu'il l'épouse. Elle annonce également que Mariane sera présente pour le mariage d'Élise. Harpagon s'inquiète de l'argent qu'il pourra gagner grâce à cette union et craint de ne pas plaire à la jeune fille. À la fin de leur conversation, Frosine tente d'être payée, mais il la congédie.

RIVALITÉ ENTRE LE PÈRE ET LE FILS

Dans un souci de limiter ses dépenses, Harpagon donne différents ordres pour l'organisation de la fête de mariage. Soutenu par Valère, il impose à maitre Jacques (à la fois cocher et cuisinier) de réduire la quantité de nourriture pour le repas. Énervé, maitre Jacques accuse Valère d'être un flatteur et affirme qu'Harpagon est la risée de tous. Par conséquent, il se fait battre successivement par les deux hommes. Éprouvant un grand ressentiment, il jure de se venger.

Mariane et Frosine arrivent chez Harpagon. La première confie à la seconde son amour pour Cléante. Elle n'a aucune envie d'épouser Harpagon, qu'elle trouve affreux. Cléante, pour sa part, déclare ne pas se réjouir à l'idée que Mariane devienne sa belle-mère. Ensuite, devant tout le monde, sous prétexte de parler au nom de son père, il lui fait une déclaration d'amour. Il organise en son honneur une collation dans le jardin et lui offre une bague appartenant à Harpagon, ce qui fait enrager ce dernier.

Déterminés à s'engager l'un envers l'autre, Mariane et Cléante cherchent une solution à leurs problèmes. La jeune fille compte tout avouer à sa mère pour obtenir son soutien.

Harpagon aperçoit Cléante faire un baisemain à Mariane. Il entame alors une discussion avec son fils et lui demande son avis sur sa future belle-mère. Cléante dit tout le contraire de ce qu'il pense. Hypocrite, Harpagon prétend que c'est dommage, car il avait justement changé d'avis et comptait lui laisser Mariane. Cléante lui avoue alors ses sentiments pour la jeune fille, mais Harpagon refuse de renoncer à elle. Ils se disputent violemment et la presque tentative de maitre Jacques pour régler leur différend n'aboutit à rien.

La Flèche vole le trésor d'Harpagon et le montre à Cléante. Harpagon se rend rapidement compte de la disparition de sa cassette. Il est désespéré et veut aller en justice pour la récupérer.

LA RÉVÉLATION FINALE

Harpagon fait appel à un commissaire pour mener une enquête. Maitre Jacques, qui les croise par hasard, est interrogé sur ce qu'il sait du vol. Voyant là une bonne occasion de se venger de Valère, l'homme l'accuse d'être le responsable du crime.

Valère entre dans la pièce. Harpagon tente alors de lui faire avouer son vol. Ses accusations étant dépourvues de précision, un quiproquo s'installe : Valère croit que la discussion porte sur son amour pour Élise. Il se justifie donc de ses actes et annonce qu'Élise a signé une promesse de mariage. Fou de rage, Harpagon veut faire pendre Valère. Élise lui explique que le jeune homme lui a sauvé la vie, mais il s'en moque.

Le seigneur Anselme fait alors son entrée. Harpagon lui explique que Valère est un traitre qui s'est introduit dans sa maison pour voler son argent et sa fille. Valère ne comprend pas de quel crime on l'accuse et soutient qu'il est le fils d'un noble, don Thomas d'Alburcy.

Anselme le traite alors d'imposteur, car don Thomas d'Alburcy est mort avec sa famille dans un naufrage seize ans auparavant. Valère répond que le fils – en l'occurrence lui – a néanmoins survécu. Des années plus tard, après avoir appris que son père était en vie, il s'est lancé à sa recherche.

Les déclarations de Valère entrainent la stupéfaction générale. Mariane explique à son tour être la fille de don Thomas d'Alburcy : elle et sa mère ont également survécu au naufrage. Anselme avoue alors être leur père, et tous trois s'étreignent sous le regard d'Harpagon, qui ne comprend rien mais qui insiste pour récupérer son argent.

Cléante dit à son père qu'il récupèrera son argent s'il accepte de lui donner Mariane pour épouse. Anselme encourage

Harpagon à consentir aux deux mariages, ce qu'il fait à la condition de ne rien débourser.

La Flèche met discrètement la cassette sur la table, Harpagon l'aperçoit et est rempli de joie.

ÉTUDE DES PERSONNAGES

HARPAGON

Bourgeois veuf, Harpagon a deux enfants, Élise et Cléante. Une seule chose l'obsède : l'argent. L'unique projet qui ne porte pas sur une question d'ordre économique est son mariage avec Mariane. Harpagon tente de plaire à la jeune fille jusqu'à en devenir grotesque. En effet, il essaie de paraitre plus vieux et met d'affreuses lunettes, car Frosine lui a affirmé que Mariane n'aimait que les vieillards. Cependant, même dans les affaires sentimentales, l'obsession d'Harpagon refait vite surface : la perspective d'un mariage avec une femme modeste, qui ne lui rapporte donc rien, le préoccupe.

Son comportement provoque l'animosité de tous : Cléante et Élise se disputent avec lui ; Frosine lui en veut de ne pas l'avoir récompensée pour son rôle d'entremetteuse, et La Flèche a envie de lui faire payer son avarice (« il me donnerait, par ses procédés, des tentations de le voler ; et je croirais, en le volant, faire une action méritoire », acte II, scène I).

Harpagon est par ailleurs égoïste, intransigeant, autoritaire, coléreux et il apprécie les flatteries (notamment celles de Frosine et de Valère).

Il fait partie des personnages de Molière ayant connu la plus grande postérité. En témoigne l'antonomase suivante (figure de rhétorique « qui consiste à désigner un personnage par un nom commun ou une périphrase qui le caractérise ou, inversement, à désigner un individu par le nom du personnage dont il rappelle le caractère typique », *Le Petit Robert*, 2007) : un « harpagon » désigne, en effet, un homme faisant preuve d'une grande avarice.

CLÉANTE

Fils d'Harpagon, Cléante est amoureux de Mariane. Il est déterminé à mener sa vie comme il l'entend même si son père fait obstacle à ses projets. Ainsi, puisqu'il ne reçoit rien d'Harpagon, il gagne de l'argent aux jeux et fait des démarches pour en emprunter. Par ailleurs, il confie à sa sœur qu'il est décidé, s'il le faut, à s'enfuir avec Mariane.

Quand il comprend qu'Harpagon lui fait concurrence sur le plan sentimental, il n'hésite pas à lui tenir tête. Il fait même preuve d'audace lorsque, en présence de son père, il avoue à Mariane ses sentiments pour elle. Cléante est donc le personnage qui s'oppose de la manière la plus forte à Harpagon.

À plusieurs reprises, il reçoit l'aide précieuse de La Flèche. Celui-ci lui est particulièrement utile quand il réussit à dérober la cassette d'Harpagon. En effet, ce vol permet à Cléante de faire du chantage auprès de son père, qui lui accorde finalement la main de Mariane.

MARIANE

Récemment arrivée dans le quartier de Paris où se déroule l'action, Mariane est décrite en ces termes par Cléante :

> « Une jeune personne [...] qui semble être faite pour donner

> de l'amour à tous ceux qui la voient. [...] Elle se prend d'un
> air le plus charmant du monde aux choses qu'elle fait, et l'on
> voit briller mille grâces en toutes ses actions ; une douceur
> pleine d'attraits, une bonté toute engageante, une honnê-
> teté adorable [...]. » (acte I, scène II)

La jeune fille vit très modestement et prend soin de sa mère. La révélation de leur véritable identité a lieu au dernier acte : les deux femmes sont respectivement la fille et l'épouse de don Thomas d'Alburcy. Elles ont survécu au naufrage survenu seize ans auparavant et ont été contraintes d'être les esclaves de pirates. Une fois leur liberté retrouvée, elles sont retournées à Naples, leur ville d'origine, où aucun bien ne leur restait. Elles en sont donc reparties pour finalement s'installer à Paris.

Mariane aime Cléante et répugne à épouser Harpagon. Les deux jeunes gens ont l'impression d'être dans une impasse, mais leurs problèmes se résolvent progressivement. Tout d'abord, la mère de Mariane l'autorise à choisir l'homme qu'elle veut épouser. Ensuite, le seigneur Anselme, qui s'avère être son père, est également favorable à leur union. Enfin, Harpagon, fidèle à lui-même, préfère renoncer à elle et récupérer sa cassette.

VALÈRE

Valère est le frère de Mariane et le fils d'Anselme. Il est né d'Alburcy, mais pense avoir perdu toute sa famille dans un naufrage seize ans auparavant. Il est recueilli et élevé par le capitaine d'un navire espagnol. Après de nombreuses années, il découvre que son père est en vie et décide de partir à sa recherche. Il rencontre ensuite Élise qu'il sauve de la noyade, tombe amoureux de la jeune fille et entre au service d'Harpagon pour se rapprocher d'elle. Dans la scène finale, il apprend que sa mère et sa sœur sont toujours vivantes.

Pour le jeune homme, tous les moyens sont bons pour parvenir à ses fins. Non seulement il travaille pour Harpagon, mais il fait aussi tout pour s'accorder ses grâces. Il ne cesse de le flatter et de l'appuyer dans ce qu'il dit et fait, afin qu'Harpagon l'apprécie suffisamment pour en autoriser l'union avec sa fille. Il pousse Élise à agir dans son sens en se soumettant aux décisions de son père afin de le mettre dans de bonnes dispositions.

Ses plans sont dévoilés à la suite de l'accusation de vol que maitre Jacques porte contre lui : croyant son amour découvert, il affirme que c'est Élise qui a signé la promesse de mariage. Il a ensuite l'heureuse idée de révéler ses origines nobles, ce qui permet le dénouement de la pièce : Mariane et Anselme se dévoilent, et Valère atteint enfin à son but, à savoir épouser Élise.

ÉLISE

Élise, la fille d'Harpagon, est passionnément amoureuse de Valère depuis qu'il l'a sauvée de la noyade. Elle entretient une grande complicité avec son frère dont elle est la confidente. Tous deux sont solidaires lorsqu'il s'agit de défendre leur cause face à Harpagon.

Élise fait preuve de courage quand elle ose exprimer à Harpagon son refus d'épouser le seigneur Anselme.

Malheureusement, ses protestations ont pour seul effet d'irriter Harpagon qui, par conséquent, décide de la marier le jour même. Résolue à ne pas se soumettre aux décisions de son père, elle signe une promesse de mariage à Valère. L'arrivée d'Anselme et le dénouement résolvent les problèmes de la jeune fille.

ANSELME

Anselme est l'homme auquel Harpagon veut marier sa fille, car il estime pouvoir tirer du profit de cette union : il est riche, n'a à sa connaissance pas d'enfants de son premier mariage et, surtout, il accepte de prendre Élise pour épouse sans dot.

Le seigneur Anselme n'apparait qu'à la fin de la pièce, il représente un *deus ex machina* (personnage ou évènement qui apporte un dénouement inespéré à une situation sans issue ou tragique). En effet, son intervention permet un dénouement heureux pour les jeunes couples. La révélation de sa véritable identité constitue un coup de théâtre : Anselme est en réalité don Thomas d'Alburcy. Il croyait être le seul survivant du naufrage et, craignant pour sa vie à Naples, il a vendu ses biens, a changé d'identité et est parti vivre en France.

Rempli de joie après avoir retrouvé sa famille, l'homme, généreux, accepte de prendre en charge les mariages de ses deux enfants.

CLÉS DE LECTURE

LA COMMEDIA DELL'ARTE ET LES LAZZIS

La commedia dell'arte est un genre théâtral italien né au XVIe siècle, reposant en partie sur l'improvisation et permettant de donner libre cours à des fantaisies artistiques. Pour ce faire, les comédiens disposent d'un canevas, c'est-à-dire d'une base avec une trame et quelques mécaniques d'enchainement, à partir duquel ils composent leur jeu. Ceux-ci se spécialisent souvent dans un type de personnage qui répondent à des caractères précis et se basent sur des thèmes qui reviennent constamment dans les pièces : le domestique qui prend les habits du maitre, fait mine de ne pas le reconnaitre ou de se moquer de lui sans en l'avoir l'air ; le désir amoureux, avec les gestes ou les regards récurrents pour signifier un désir parfois feint ; la peur, qui, lorsque ses manifestations se succèdent à un rythme rapide comme dans *Les Fourberies de Scapin* (1671), peut produit un effet comique, etc.

La commedia dell'arte est soutenue sur scène par des effets comiques nommés lazzis (de l'italien signifiant « liens »). Ils peuvent être gestuels, verbaux ou paraverbaux, et constituent des unités autonomes, pouvant être insérées lorsque la situation s'y prête.

Il n'est pas difficile de retrouver chez Molière des thématiques et des personnages issus de la commedia dell'arte : Harpagon lui-même incarne à la perfection le vieil avare qui s'est épris d'une pucelle, ces deux situations conduisant à une série de scènes comiques. L'usage des lazzis, lui, obéit à une logique purement comique, ce procédé permettant de forcer la caricature pour faire rire davantage le spectateur. Par exemple, la scène où Cléante offre à Mariane la bague d'Harpagon vient directement d'un lazzi où le valet Scapin offre à Flaminia (la jeune et belle femme que se disputent le jeune homme et le vieillard) le bijou de Pantalon, qui convoite également Flaminia, sous un faux prétexte (*Les Maisons dévalisées*, 1667).

L'AMOUR ET L'ARGENT, MOTEURS DE L'ACTION

L'Avare met en scène un conflit entre Harpagon et deux jeunes couples. Mais l'opposition entre eux a également lieu du point de vue de ce qui motive leurs actions : alors que l'avarice d'Harpagon lui dicte chacune de ses décisions, Cléante, Mariane, Valère et Élise agissent toujours par amour.

L'étymologie du nom « Harpagon » est déjà en soi significative. En effet, *harpago* signifie en latin classique « rapace, homme avide ». Le protagoniste de la pièce est donc destiné à orienter tous ses choix et toutes ses actions en fonction de son avarice :

- il cherche à tout prix à faire des économies. Il s'habille avec de vieux vêtements, ne nourrit pas suffisamment ses chevaux, ne donne pas d'argent à ses enfants (Cléante déclare : « Peut-on rien voir de plus cruel, que cette rigoureuse épargne qu'on exerce sur nous ? que cette sècheresse étrange où l'on nous fait languir ? », acte I, scène II), refuse d'offrir un beau mariage à sa fille et reste insensible quand Frosine lui demande une récompense pour les services qu'elle lui rend ;

- il s'arrange pour gagner de l'argent. Le prêt qu'il consent à faire à maitre Simon présente des taux d'intérêt élevés et il se réjouit à l'idée que sa fille épouse Anselme, un homme riche ;

- angoissé et paranoïaque, il craint qu'on le vole. Il se rend donc fréquemment dans le jardin, où son argent est enterré. Il est suspicieux envers tout le monde : il fouille minutieusement La Flèche avant de le laisser quitter sa maison, accuse son propre fils de lui dérober de l'argent et soupçonne chaque habitant de la ville d'être le voleur de sa cassette.

L'insistance avec laquelle Molière expose l'avarice de son personnage fait de *L'Avare* une comédie de caractère (comédie dans laquelle l'auteur critique les comportements et les vices des hommes). Comme c'est le cas dans d'autres pièces (*Tartuffe*, *Le Misanthrope*, *Le Malade imaginaire*, etc.), le dramaturge trace le portrait d'un homme dont le vice a des conséquences fâcheuses pour son entourage. Ce choix influence l'écriture, et plus particulièrement le vocabulaire : le champ lexical de l'argent est récurrent dans le discours d'Harpagon (« emprunt », « écus », « dot », « frais », etc.).

Mais la pièce se veut également une comédie de mœurs, une satire sociale portant sur la bourgeoisie, classe montante au XVIIe siècle. Harpagon, le bourgeois, s'oppose ici au noble seigneur Anselme, qui n'hésite pas à dépenser de l'argent pour assurer le bonheur de ses enfants.

Le comportement des quatre jeunes gens est, par contraste avec celui d'Harpagon, entièrement guidé par le sentiment amoureux :

- Cléante projette de s'enfuir avec Mariane et, contrairement à son père, il est heureux de pouvoir aider financièrement la jeune fille :

> « Figurez-vous, ma sœur, quelle joie ce peut être, que de relever la fortune d'une personne que l'on aime ; que de donner adroitement quelques petits secours aux modestes nécessités d'une vertueuse famille. » (acte I, scène II)

- Mariane convainc sa mère de renoncer au premier choix qu'elle a fait pour le mariage de sa fille ;
- Élise désobéit à l'autorité paternelle en signant une promesse de mariage à Valère ;
- Valère, pour l'amour d'Élise, s'abaisse à devenir le domestique d'Harpagon, envers qui il fait preuve d'une grande hypocrisie.

Ces actions semblent condamnables au vu des mœurs du XVIIe siècle. Cependant, elles provoquent l'assentiment du public, car elles menacent l'intérêt d'un homme peu appréciable et sont motivées par une juste cause.

UNE COMÉDIE SUR FOND DE DRAME

Les ressources du comique

Malgré son sujet à priori « sombre » – l'isolement d'un père à cause de la tyrannie qu'il exerce sur son entourage –, *L'Avare* est une comédie. Par conséquent, la pièce vise à susciter le rire. Dans cette optique, Molière exploite les différentes formes de comique présentes au théâtre :

- **le comique de caractère**, basé sur la personnalité du protagoniste. Le dramaturge exagère le défaut d'Harpagon, parfois jusqu'à la caricature, ce qui le rend ridicule (par exemple, l'insistance avec laquelle il fouille La Flèche avant de le congédier, acte I, scène III) ;
- **le comique de situation**, qui repose entre autres sur le quiproquo (malentendu qui consiste à prendre une chose ou une personne pour une autre) : c'est le cas lorsque Valère pense qu'Harpagon lui reproche de lui prendre Élise alors que le vieillard parle de sa cassette :

  > « VALÈRE. – Tous mes désirs se sont bornés à jouir de sa vue ; et rien de criminel n'a profané la passion que ses beaux yeux m'ont inspirée.
  > HARPAGON. – Les beaux yeux de ma cassette ! Il parle d'elle, comme un amant d'une maîtresse. » (acte V, scène III)

- **le comique de geste**, lié aux expressions faciales (par exemple, l'air idiot d'Harpagon quand il rencontre Mariane, acte III, scène V), aux chutes (Harpagon se fait renverser par un de ses serviteurs, La Merluche, acte III, scène IX) ou encore aux châtiments corporels que s'infligent les personnages (Valère bat maitre Jacques au moyen d'un bâton, acte III, scène II) ;
- **le comique de mots**, qui réside notamment dans les jeux de mots. Par exemple, La Flèche se moque de l'avarice d'Harpagon en affirmant « donner est un mot pour qui il

a tant d'aversion, qu'il ne dit jamais : je vous donne, mais : je vous prête le bonjour. » (acte II, scène IV)

Un sujet dramatique

Quand Molière fait jouer pour la première fois *L'Avare*, il connait une période peu faste. Sa précédente comédie, *Le Tartuffe* (1664), s'est en effet attirée les foudres d'un parti influent, celui des dévots, qui a fait interdire sa pièce à plusieurs reprises. Le combat qu'il mène pour la faire jouer est long (plusieurs années) et épuisant. Il doit en outre faire face à quelques soucis de santé qui viennent obscurcir son avenir.

Ces difficultés ont-elles eu des répercussions sur sa manière de concevoir le comique et le divertissement théâtral ? Toujours est-il que *L'Avare* est caractérisé par certains aspects très sombres. La pièce présente en effet un personnage principal tyrannique et égoïste qui est obnubilé par l'argent au point d'en oublier l'essentiel dans la vie. Tout est marqué par son désir d'enrichissement et son unique passion, l'argent. Cela le mène à totalement ignorer l'amour que porte son fils à l'égard de Mariane, une jeune femme que lui-même s'était réservé. Il consent même à donner sa fille à un vieil homme sous prétexte que celui-ci n'exige aucune dot.

> « HARPAGON. – C'est une occasion qu'il faut prendre vite aux cheveux. Je trouve ici un avantage, qu'ailleurs je ne trouverais pas ; et il s'engage à la prendre sans dot.
> VALÈRE. – Sans dot ?
> HARPAGON. – Oui.

> VALÈRE. – Ah ! je ne dis plus rien. Voyez-vous, voilà une raison
> tout à fait convaincante ; il se faut rendre à cela.
> HARPAGON. – C'est pour moi une épargne considérable.
> VALÈRE. – Assurément, cela ne reçoit point de contradiction.
> Il est vrai que votre fille vous peut représenter que le mariage
> est une plus grande affaire qu'on ne peut croire ; qu'il y va
> d'être heureux, ou malheureux, toute sa vie ; et qu'un enga-
> gement qui doit durer jusqu'à la mort, ne se doit jamais faire
> qu'avec de grandes précautions.
> HARPAGON. – Sans dot. » (acte I, scène VIII)

L'argent, cette donnée qui est à l'origine des diverses situations comiques, est aussi celle qui pousse aux marchés les
plus contraires aux qualités humaines, puisqu'il est même
prétexte au marché contraignant Harpagon à accepter les
mariages de ses deux enfants, mariages pourtant contrac-
tés avec des enfants de nobles familles.

Ce qui est donc la source du comique est aussi intrinsèque-
ment liée à un côté plus sombre : l'avarice reste un péché
capital qui ne cesse de maintenir Harpagon dans l'erreur. Il
y a dans cette pièce un côté ambigu qui fait d'elle non une
franche comédie, mais une comédie amère.

L'AVARE, UN BON EXEMPLE D'INTERTEXTUALITÉ

Pour composer sa pièce, Molière puise dans différentes
sources :

- il s'inspire essentiellement de *L'Aulularia* de Plaute, comédie écrite dans les environs de 200 av. J.-C. Le canevas

de cette pièce antique est repris dans *L'Avare* : Euclion, un vieillard, trouve une marmite remplie d'or. Il est angoissé à l'idée de se la faire voler, ce qui finit par arriver. Molière reprend également à Plaute des extraits de scènes plus précis, comme c'est le cas pour le célèbre monologue d'Harpagon (acte IV, scène VII). Par cette référence au théâtre latin, Molière adopte une attitude préconisée à son époque, l'imitation des Anciens ;

- l'idée du père usurier de son fils se retrouve déjà dans *La Belle Plaideuse* (1655) de Boisrobert (poète français, 1592-1662) ;

- il reprend également certains éléments aux *Supposés* (1509) de l'Arioste (écrivain et poète italien, 1474-1533) qui raconte l'histoire d'un jeune homme qui s'est mis au service du père de celle qu'il aime. Un conflit nait avec un autre domestique (ici, Maitre Jacques) et finalement le jeune homme retrouve son père et récupère par conséquent sa condition sociale.

Luigi Riccoboni, un comédien et écrivain italien du XVIIIe siècle, affirme à cet égard, qu'« on ne trouvera pas dans toute la comédie de *L'Avare* quatre scènes qui soient inventées par Molière ». Mais cela n'enlève en rien le mérite du dramaturge. En effet, avec cette pièce, il fait preuve de talent en agençant différentes sources de manière à créer une œuvre originale.

PISTES DE RÉFLEXION

QUELQUES QUESTIONS POUR APPROFONDIR SA RÉFLEXION…

- *L'Avare* met en avant le vice d'un homme. Après vous être concentré à la fois sur les jugements émis par les autres personnages à propos d'Harpagon et sur le dénouement de la pièce, estimez-vous que Molière ait voulu, par son écriture, énoncer une morale qui condamne l'avarice ?
- Jean-Jacques Rousseau, célèbre écrivain et philosophe du XVIIIe siècle, porte un jugement très critique à l'égard de *L'Avare* : « C'est un grand vice d'être avare et de prêter à usure, mais n'en est-ce pas un plus grand encore à un fils de voler son père, de lui manquer de respect […] ? […] Si la plaisanterie est excellente, en est-elle moins punissable ? et la pièce où l'on fait aimer le fils insolent qui l'a faite en est-elle moins une école de mauvaises mœurs ? » Êtes-vous d'accord avec ces propos ? Justifiez votre avis.
- En quoi *L'Avare* peut-il être envisagé comme une pièce de la dissimulation, du secret ? Quels sont les effets qui découlent de la dissimulation ?
- Pour sa pièce, Molière s'inspire de différentes œuvres antérieures, mais il puise également des éléments dans le réel, plus particulièrement dans sa vie privée. Comment expliquez-vous une telle démarche ?
- Balzac, auteur réaliste du XIXe siècle, explique : « Molière avait fait l'avarice dans Harpagon ; moi j'ai fait un avare avec le père Grandet. » En comparant Harpagon et le père Grandet, peut-on supposer que Balzac se soit inspiré de *L'Avare* pour la construction de son personnage ? Pensez-

vous que l'objectif des deux auteurs était le même ?

- Peut-on qualifier *L'Avare* de « comédie sombre » ?
- Quels procédés comiques Molière met-il en œuvre pour susciter le rire dans *L'Avare* ? Illustrez votre réponse avec des exemples.
- Faire d'Harpagon un personnage amoureux n'est-il pas en contradiction avec le portrait général qu'en dresse Molière ?
- La pièce de Molière a connu plusieurs adaptations cinématographiques, dont celle de Christian de Chalonge en 2006. Quels sont les changements significatifs (en ce qui concerne le contenu de l'histoire, sa construction, le jeu des acteurs, etc.) liés au passage de la scène à l'écran ?

Votre avis nous intéresse !
Laissez un commentaire sur le site de votre librairie en ligne
et partagez vos coups de cœur sur les réseaux sociaux !

POUR ALLER PLUS LOIN

ÉDITION DE RÉFÉRENCE

- MOLIÈRE, *L'Avare*, Paris, Gallimard, coll. « Texte et dossier », 2001.

ÉTUDES DE RÉFÉRENCE

- « Autour de *L'Avare* d'après Molière », in *La Comédie Italienne*, consulté le 5 septembre 2016.
- DICKINSON B. H., *Une étude des lazzi visuels et verbaux dans le théâtre de Molière*, Vancouver, University of British Columbia, 1972, p. 17.
- « *L'Avare* ou l'école du mensonge de Molière », in *Études littéraires*, consulté le 5 septembre 2016, http://www.etudes-litteraires.com/moliere-avare.php
- « *L'Avare* de Molière », in *Centre dramatique fribourgeois Les Osses*, consulté le 8 septembre 2016.
- « Le Maschere della Commedia dell'Arte », in *Teatro di Nessuno*, consulté le 22 septembre 2016, http://www.teatrodinessuno.it/maschere-commedia-arte
- MOLAND L., *Molière et la comédie italienne*, in *Observatoire de la vie littéraire*, consulté le 22 septembre 2016, http://obvil.paris-sorbonne.fr/corpus/moliere/critique/moland_moliere-comedie-italienne/body-18
- « Molière », in *La Comédie-Française*, consulté le 5 septembre 2016, http://www.comedie-francaise.fr/histoire-et-patrimoine.php?id=511

ADAPTATIONS

- *L'Avare*, film de René Lucot, avec Michel Aumont, France, 1973.
- *Molière, L'Avare*, bande dessinée originale de Jean Pierre Lihou, éditions Dessain et Tolra, 1977
- *L'Avare*, film de Jean Girault et Louis de Funès (ce dernier incarnant Harpagon), France, 1980.
- *L'Avare*, film de Tonino Cervi, avec Alberto Sordi, Italie, 1990.
- *L'Avare*, téléfilm de Christian de Chalonge, avec Michel Serrault, France, 2006.

SUR LEPETITLITTÉRAIRE.FR

- Commentaire du monologue d'Harpagon dans *L'Avare* de Molière.
- Commentaire de la scène II de l'acte III de *Dom Juan* de Molière.
- Commentaire de la scène I de l'acte II du *Bourgeois gentilhomme* de Molière.
- Commentaire de la scène IV de l'acte V du *Misanthrope* de Molière.
- Commentaire de la scène X de l'acte III du *Malade imaginaire* de Molière.
- Commentaire de la scène VI de l'acte III du *Tartuffe* de Molière.
- Commentaire de la scène IX des *Précieuses ridicules* de Molière.
- Commentaire de la scène I de l'acte I des *Femmes savantes* de Molière.

- Commentaire des scènes I et II de l'acte I de *George Dandin* de Molière.
- Fiche de lecture sur *Amphitryon* de Molière.
- Fiche de lecture sur *Dom Juan*.
- Fiche de lecture sur *George Dandin*.
- Fiche de lecture sur *Le Bourgeois gentilhomme*.
- Fiche de lecture sur *L'École des Femmes* de Molière.
- Fiche de lecture sur *Le Malade imaginaire*.
- Fiche de lecture sur *Le Médecin volant* de Molière.
- Fiche de lecture sur *Le Misanthrope*.
- Fiche de lecture sur *Les Femmes savantes*.
- Fiche de lecture sur *Les Fourberies de Scapin* de Molière.
- Fiche de lecture sur *Les Précieuses ridicules*.
- Fiche de lecture sur *Le Tartuffe*.
- Fiche de lecture sur *L'Impromptu* de Versailles de Molière.
- Questionnaire de lecture sur *L'Avare*.
- Questionnaire de lecture sur *Dom Juan*.
- Questionnaire de lecture sur *Le Bourgeois gentilhomme*.
- Questionnaire de lecture sur *Le Misanthrope*.
- Questionnaire de lecture sur *Le Malade imaginaire*.
- Questionnaire de lecture sur *L'École des Femmes*.
- Questionnaire de lecture sur *Les Précieuses ridicules*.
- Questionnaire de lecture sur *George Dandin*.
- Questionnaire de lecture sur *Le Médecin volant*.
- Questionnaire de lecture sur *Les Fourberies de Scapin*.

www.lepetitlitteraire.fr

ISBN version numérique : 978-2-8062-8620-8
ISBN version papier : 978-2-8062-8621-5
Dépôt légal : D/2016/12603/556

Avec la collaboration de Lucile Lhoste pour les chapitres suivants : « La commedia dell'arte et les lazzis » et « Une comédie sur fond de drame ».

Conception numérique : Primento,
le partenaire numérique des éditeurs.

Ce titre a été réalisé avec le soutien de la Fédération Wallonie-Bruxelles, Service général des Lettres et du Livre.

Retrouvez notre offre complète sur lePetitLittéraire.fr

- des fiches de lectures
- des commentaires littéraires
- des questionnaires de lecture
- des résumés

ANOUILH
- Antigone

AUSTEN
- Orgueil et Préjugés

BALZAC
- Eugénie Grandet
- Le Père Goriot
- Illusions perdues

BARJAVEL
- La Nuit des temps

BEAUMARCHAIS
- Le Mariage de Figaro

BECKETT
- En attendant Godot

BRETON
- Nadja

CAMUS
- La Peste
- Les Justes
- L'Étranger

CARRÈRE
- Limonov

CÉLINE
- Voyage au bout de la nuit

CERVANTÈS
- Don Quichotte de la Manche

CHATEAUBRIAND
- Mémoires d'outre-tombe

CHODERLOS DE LACLOS
- Les Liaisons dangereuses

CHRÉTIEN DE TROYES
- Yvain ou le Chevalier au lion

CHRISTIE
- Dix Petits Nègres

CLAUDEL
- La Petite Fille de Monsieur Linh
- Le Rapport de Brodeck

COELHO
- L'Alchimiste

CONAN DOYLE
- Le Chien des Baskerville

DAI SIJIE
- Balzac et la Petite Tailleuse chinoise

DE GAULLE
- Mémoires de guerre III. Le Salut. 1944-1946

DE VIGAN
- No et moi

DICKER
- La Vérité sur l'affaire Harry Quebert

DIDEROT
- Supplément au Voyage de Bougainville

DUMAS
- Les Trois
  Mousquetaires

ÉNARD
- Parlez-leur
  de batailles,
  de rois et
  d'éléphants

FERRARI
- Le Sermon sur la
  chute de Rome

FLAUBERT
- Madame Bovary

FRANK
- Journal
  d'Anne Frank

FRED VARGAS
- Pars vite et
  reviens tard

GARY
- La Vie devant soi

GAUDÉ
- La Mort du
  roi Tsongor
- Le Soleil des
  Scorta

GAUTIER
- La Morte
  amoureuse
- Le Capitaine
  Fracasse

GAVALDA
- 35 kilos d'espoir

GIDE
- Les
  Faux-Monnayeurs

GIONO
- Le Grand
  Troupeau
- Le Hussard
  sur le toit

GIRAUDOUX
- La guerre de
  Troie
  n'aura pas lieu

GOLDING
- Sa Majesté des
  Mouches

GRIMBERT
- Un secret

HEMINGWAY
- Le Vieil Homme
  et la Mer

HESSEL
- Indignez-vous !

HOMÈRE
- L'Odyssée

HUGO
- Le Dernier Jour
  d'un condamné
- Les Misérables
- Notre-Dame
  de Paris

HUXLEY
- Le Meilleur
  des mondes

IONESCO
- Rhinocéros
- La Cantatrice
  chauve

JARY
- Ubu roi

JENNI
- L'Art français
  de la guerre

JOFFO
- Un sac de billes

KAFKA
- La Métamorphose

KEROUAC
- Sur la route

KESSEL
- Le Lion

LARSSON
- Millenium I. Les
  hommes qui
  n'aimaient pas
  les femmes

LE CLÉZIO
- Mondo

LEVI
- Si c'est un
  homme

LEVY
- Et si c'était vrai…

MAALOUF
- Léon l'Africain

MALRAUX
- La Condition
  humaine

MARIVAUX
- La Double
  Inconstance
- Le Jeu de l'amour
  et du hasard

MARTINEZ
- Du domaine
  des murmures

MAUPASSANT
- Boule de suif
- Le Horla
- Une vie

MAURIAC
- Le Nœud
  de vipères

MAURIAC
- Le Sagouin

MÉRIMÉE
- Tamango
- Colomba

MERLE
- La mort est
  mon métier

MOLIÈRE
- Le Misanthrope
- L'Avare
- Le Bourgeois
  gentilhomme

MONTAIGNE
- Essais

MORPURGO
- Le Roi Arthur

MUSSET
- Lorenzaccio

MUSSO
- Que serais-je
  sans toi ?

NOTHOMB
- Stupeur et
  Tremblements

ORWELL
- La Ferme
  des animaux
- 1984

PAGNOL
- La Gloire de
  mon père

PANCOL
- Les Yeux jaunes
  des crocodiles

PASCAL
- Pensées

PENNAC
- Au bonheur
  des ogres

POE
- La Chute de la
  maison Usher

PROUST
- Du côté de
  chez Swann

QUENEAU
- Zazie dans
  le métro

QUIGNARD
- Tous les matins
  du monde

RABELAIS
- Gargantua

RACINE
- Andromaque
- Britannicus
- Phèdre

ROUSSEAU
- Confessions

ROSTAND
- Cyrano de
  Bergerac

ROWLING
- Harry Potter à
  l'école des sor-
  ciers

SAINT-EXUPÉRY
- Le Petit Prince
- Vol de nuit

SARTRE
- Huis clos
- La Nausée
- Les Mouches

SCHLINK
- Le Liseur

Analyse de l'œuvre
Germinal
d'Émile Zola
Analyse de l'œuvre
L'Étranger
d'Albert Camus
Analyse de l'œuvre
Le Père Goriot
de Balzac
Analyse de l'œuvre
Candide ou l'Optimisme
de Voltaire
Analyse de l'œuvre
Oscar et la Dame rose